OLGA ROGALSKI

LES LARMES D'ANGES

Sommaire

Rêves anéantis

TOUTE MA VIE, JE ME SUIS CONSIDÉRÉ COMME QUELQU'UN DE FORT ...
POURTANT, SI JE DEVAIS AVOIR UNE FAIBLESSE, JE PENSE BIEN QUE CE SERAIT L'AMOUR ...
BIP BIP
AH ? UN SMS ... ? ÇA DOIT ÊTRE LUI !
IL EST TARD ...
S'IL N'ARRIVE PAS BIENTÔT, JE VAIS FINIR PAR ÊTRE CONGELÉ
PFF
PUTAIN, IL FAIT FROID !
IL DOIT BIEN FAIRE MOINS 10 DEGRÉS ... OUAH, SUPER...

CLIC
CLIC
ON VA VOIR ...
JE VOULAIS LE FAIRE AUTREMENT, MAIS ÇA VA PLUS VITE COMME ÇA. NOTRE RELATION
RÉPONDRE PLUS
M ÉTOUFFE TROP. JE ROMPS. JULIAN
RÉPONDRE PLUS

PUTAIN ! JE N'AI PAS LE DROIT DE PLEURER !! PAS POUR LUI !! PAS POUR LUI !!
QUEL SALAUD ! IL N'A MÊME PAS EU LE CRAN DE ME LE DIRE EN FACE !!
C'EST QUOI CETTE MANIÈRE DE METTRE FIN À UNE RELATION ?! QUEL DÉGONFLÉ !
J'AI CRU ÊTRE QUELQU'UN DE FORT PENDANT 19 ANS ...
MAIS QUAND JULIAN ME PLAQUA, CE JOUR D'HIVER, APRÈS UNE RELATION DE QUATRE ANS ...
. . . . .

... CE FUT TOUT UN MONDE QUI S'ÉCROULAIT.
QUAND J'Y PENSE AVEC DU RECUL ...
... JE L'AVAIS VU VENIR.
J'AVAIS ATTENDU CE JOUR ...
... ET L'AVAIS TANT REDOUTÉ.

CE JOUR OÙ
JE ME POSERAIS
LA QUESTION ...
LA QUESTION ...
... DE SAVOIR
S'IL M'AVAIT
VRAIMENT
AIMÉ UN JOUR.

CE QUI M'AMENAIT À ME DEMANDER ...
AVAIS-JE SEULEMENT DÉJÀ ÉTÉ ...
PUTAIN !
CHUTE
AR-
RET
... SÛR DE SES SENTI-MENTS ?
JE SUIS MINABLE ...
CRATCH

JE DEVRAIS RESTER ALLONGÉ ICI ET MOURIR DE FROID ...
COMME ÇA IL Y AURAIT UN DÉBILE DE MOINS SUR TERRE. QU'EST-CE QUE ÇA CHANGERAIT ?
JE SAVAIS BIEN DANS QUOI JE M'EMBARQUAIS ...
ETAIT-CE DE MA FAUTE ?
JE SAVAIS QUE CE JOUR VIENDRAIT ...
JE PENSAIS ÊTRE PRÉPARÉ ... MAIS QUE CELA PASSE SI MAL ...
... JE N'Y AVAIS PAS SONGÉ.

J'ÉTAIS À DEUX DOIGTS DE ME DÉTRUIRE ...
CELA AURAIT PU SE PASSER AINSI ...
CRAC
HHHH

SHHH
... SI JE NE L'AVAIS PAS RENCONTRÉ.

LA DERNIÈRE CHOSE DONT JE ME SOUVIENS, QUAND JE REPENSE À CE JOUR FATIDIQUE ...
... C'EST DE LA CHALEUR DES BRAS QUI M'ONT PRIS ET SAUVÉ DE MOI-MÊME ...
... ET CE PARFUM DE VANILLE QUI IMPRÉGNAIT MON CORPS QUAND JE ME SUIS RÉVEILLÉ UN PEU PLUS TARD, ALLONGÉ SUR LE SOFA...
!!
JE SUS QUE CE N'ÉTAIT PAS UN RÊVE.
BAILLE
POUAH

MON CŒUR BATTAIT LA CHAMADE QUAND JE PENSAIS À CET HOMME DONT JE NE CONNAISSAIS PAS LE NOM ...
A CE MOMENT LÀ, JE ME DEMANDAIS SI J'ALLAIS LE REVOIR UN JOUR ...
EN FAIT, JE LE REVIS TRÈS VITE ...
JE N'AIME PAS CET ENDROIT ...
PFF
TONG

LA POUTRE ...
IL FAUT QUE JE ME SAUVE MAIS ...
... JE SUIS COMME PARALYSÉ.

BAAAM
ATTEN-
TION !
ARGH ...

TSS ...
CHOC
EST-CE... TOUT VA BIEN ?
ENCORE ... ENCORE CET HOMME ...
IL Y A QUELQUES SECONDES, JE NE POUVAIS PAS BOUGER, J'ÉTAIS TÉTANISÉ PAR LA PEUR ...
UN SEUL MOT DE LUI ...
... ET JE ME SENTIS MIEUX AUSSITÔT.

S'IL N'AVAIT PAS ÉTÉ LÀ ...
... J'AURAIS PU MOURIR.
IL A RISQUÉ SA VIE POUR ME SAUVER !
JE ...
IL VAUT MIEUX QUE JE M'EN AILLE MAINTENANT ...
ATTENDS !!

J'AIMERAIS TE REMERCIER ...
S'IL TE PLAÎT, RESTE ...
JE M'ENTENDAIS PARLER COMME UNE PETITE ÉCOLIÈRE AMOUREUSE ...
MAIS, EN MÊME TEMPS, SI JE NE LE RETENAIS PAS ...
IL S'EST BLESSÉ EN ME SAUVANT !
MONTRE MOI !
DU SANG !
... JE NE LE REVERRAIS PLUS JAMAIS
IL FALLAIT QUE JE L'ARRÊTE, C'ÉTAIT PLUS FORT QUE MOI ...
...

ÇA SAIGNE ÉNORMÉMENT ...
... ET IL FAUDRAIT SOIGNER ÇA TOUT DE SUITE !
VIENS AVEC MOI.
OÙ ?
CHEZ MOI ... AVEC UNE TELLE BLESSURE, IL FAUDRAIT QUE TU AILLES CHEZ LE MÉDECIN ...
... MAIS IL N'Y EN A PAS DANS CE BLED. ALORS, JE VAIS TE SOIGNER
POUR TE REMERCIER POUR HIER ET AUJOURD'HUI.
ALLEZ, VIENS ...

MAIS D'UN AUTRE CÔTÉ, IL FAUT DÉSINFECTER RAPIDEMENT CE GENRE DE BLESSURE!
ET PUIS, IL M'A DÉJÀ AIDÉ DEUX FOIS ...
J'AI VRAIMENT L'IMPRESSION DE L'ENNUYER ...
POF
POF
POF POF
...
....
AH ! POURQUOI FAUT-IL QUE JE ME JUSTIFIE ?! N'ÉPROUVERAIS-JE PAS QUELQUES SENTIMENTS ?
MINCE, POURQUOI SUIS-JE SI NERVEUX ?
NE SOIS PAS CHOQUÉ, LA MAISON EST UN PEU EN DÉSORDRE ...
CELA DIT ... TU M'AS DÉJÀ RAMENÉ ICI L'AUTRE JOUR, DONC TU CONNAIS DÉJÀ ...
...

TON NOM ... ?
HM ?
AU FAIT COMMENT T'APPELLES-TU ?
...
QUOI QUE JE DISE, ON DIRAIT VRAIMENT QU'IL VEUT ME DÉVORER ...
CHAGAN. APPELLE-MOI CHAGAN
MAIS À QUOI JE PENSE, LÀ ? IL EST BLESSÉ, PARCE QU'IL M'A AIDÉ.
CHAGAN ... C'EST UN NOM ORIGINAL ...
JAMAIS PERSONNE N'A ENCORE AUTANT FAIT POUR MOI ...
DONC, CHAGAN ... MOI C'EST NICO !

JE N'AURAIS PAS PENSÉ QUE CE BOUGRE POUVAIT SOURIRE DE MANIÈRE SI AMICALE ...
... NI QUE CELA ME FERAIT INCROYABLEMENT CHAUD AU CŒUR.
TU NE PARLES PAS BEAUCOUP, QU'EST CE QUI SE PASSE ?
PUTAIN, QU'EST-CE QUE JE RACONTE, LÀ ?

C'EST BIEN COMME ÇA AUSSI. MOI, PAR EXEMPLE, JE SUIS BAVARD COMME UNE PIE.
DIS-MOI SI ÇA T'ÉNERVE ...
NON, ÇA VA ...
ÇA ALORS ...
JULIAN M'AURAIT DÉJÀ DIT DEPUIS LONGTEMPS DE LA FERMER ...
OUPS ! MAINTENANT JE ME METS À LES COMPARER !
JE PEUX TE DEMANDER QUELQUE CHOSE ?
HM ?

JE SAIS QUE ÇA NE ME REGARDE PAS, MAIS...
... QU'EST-CE QUI S'EST PASSÉ HIER ?
POURQUOI AS-TU PLEURÉ ?
ZUT! IL FALLAIT BIEN QUE CETTE QUESTION ARRIVE TÔT OU TARD ...
C'EST UNE BONNE QUESTION ...
UNE QUESTION À LAQUELLE JE PRÉFÉRERAIS NE PAS RÉPONDRE ...
HUM ... POURQUOI ... ?
POURTANT, IL FAUT QUE JE LUI DISE !
TSSS

POUR ÊTRE HONNÊTE ...
MÊME SI UNE RÉPONSE AMÈNE À POSER UNE AUTRE QUESTION ...
... C'ÉTAIT ...
... À SAVOIR ...
PUTAIN, C'EST VRAIMENT GÊNANT !
... SI JE SUIS GAY.

NON, JE NE PEUX VRAIMENT PAS LE DIRE !!
JE NE PEUX PAS !
CA-
RESSE
!!
SA MAIN !
S'IL SAVAIT POUR MOI ET JULIAN ...
... IL N'AURAIT SÛREMENT PAS ENVIE DE ME TOUCHER.

J'AI TOUJOURS EU PEUR DE CES MOMENTS-LÀ ...
PEUR, DE NE PAS ÊTRE ACCEPTÉ COMME JE SUIS ...
ÇA A TOUJOURS ÉTÉ COMME ÇA.
MAIS JE NE VEUX PAS MENTIR ...
EST-CE DONC LE PRIX DE LA SINCÉRITÉ ?
POURTANT, IL FAUT QUE JE LUI DISE, JE NE PEUX ME DÉROBER !
... MÊME SI, APRÈS ÇA, IL NE VOUDRA PEUT-ÊTRE PLUS JAMAIS ME VOIR.
HIER ...

... MA RELATION A PRIS FIN ...
S'IL APPREND ÇA, IL ENLÈVERA SUREMENT SA MAIN ...
ET CE SERA TERMINÉ ...
... MA RELATION ... AVEC UN HOMME !

Calme trompeur

UN JOUR GLACIAL D'HIVER, DANS UNE PETITE VILLE AU FIN FOND DE LA BAVIÈRE, MON CŒUR FUT BRISÉ.
A L'ÉPOQUE, JE PENSAIS NE PLUS JAMAIS POUVOIR REFAIRE CONFIANCE À QUELQU'UN, MAIS J'AI RENCONTRÉ CHAGAN.
HIER, MON COPAIN M'A PLAQUÉ...
JE NE SAIS PLUS EXACTEMENT CE QUI M'A POUSSÉ À FAIRE MON COMING-OUT ...
PEUT-ÊTRE ÉTAIT-CE L'ENVIE D'ÊTRE AVEC LUI ...
OUI, JE SUIS GAY.
QUOI QU'IL EN SOIT, JE RACONTAI À L'HOMME QUE J'AVAIS RENCONTRÉ POUR LA TOUTE PREMIÈRE FOIS QUELQUES HEURES AUPARAVANT ET QUI M'AVAIT TOUT DE MÊME DÉJÀ SAUVÉ LA VIE À DEUX REPRISES ...
...QUE J'ÉTAIS GAY.

J'AVAIS ATTENDU QU'IL S'ESQUIVE ...
IL NE M'A PAS SURPRIS ...
...
JE SAVAIS QU'IL RÉAGIRAIT AINSI.
QUAND ALLAIS- JE ENFIN APPRENDRE ...
... À NE PAS ESPÉRER POUR RIEN ?

ÇA AURAIT ÉTÉ TROP BEAU ...
OH ...
JE SUIS TROP STUPIDE !
SI TU NE VEUX PLUS ENTENDRE PARLER DE MOI ...
... JE PEUX LE COMPRENDRE.
CHOC
QU'EST QUE J'AVAIS ESPÉRÉ ?
LES HUMAINS SONT TOUS LES MÊMES ...

MAIS IL NE VA TOUT DE MÊME PAS PENSER QUE JE ...

NE DIS PAS DE BÊTISES !!

QUE T'EST-IL ARRIVÉ POUR PENSER QUE JE NE VOUDRAIS PLUS ENTENDRE PARLER DE TOI ... ?
POURQUOI CELA DEVRAIT-IL FAIRE MOURIR QUELQUE CHOSE EN MOI ?
A CE MOMENT PRÉCIS, JE SENTIS MON CŒUR SE CONTRACTER ...
... ET DES LARMES BRÛLANTES SE MIRENT À COULER LE LONG DE MES JOUES.
JUSQUE LÀ, JE NE SAVAIS PAS BIEN, SI JE DEVAIS LE CROIRE ...

MAIS QUAND J'ENTENDIS SA VOIX CHARGÉE D'ÉMOTION, QUI TREMBLAIT LÉGÈREMENT D'EXCITATION ...
... ET VIS LA CHAUDE EXPRESSION DANS SES YEUX, D'HABITUDE SI SEREINS, JE NE PENSAI ALORS QU'À UNE CHOSE ...
J'AI ENVIE DE LE CROIRE !!

JE N'AVAIS PAS AUTANT PLEURÉ DEPUIS LA MORT DE MA MÈRE ...
DURANT TOUT CE TEMPS, CHAGAN ME CARESSA LA TÊTE ...
... ET ME CHUCHOTA DES PAROLES APAISANTES AVEC UNE VOIX DOUCE.
J'AVAIS L'IMPRESSION DE ME PERDRE DE PLUS EN PLUS EN LUI ...

CE SOIR LÀ, JE M'ENDORMIS D'ÉPUISEMENT, À FORCE DE PLEURER.
NICO, HÉ ...
... SANS ME SOUVENIR QU'IL M'AVAIT PORTÉ DANS MON LIT.

JE NE SAIS PAS DU TOUT CE QUI S'EST PASSÉ ...
... MAIS CETTE NUIT LÀ, JE DORMIS PAISIBLEMENT POUR LA PREMIÈRE FOIS DEPUIS BIEN LONGTEMPS.
... SANS ÊTRE EFFRAYÉ PAR CERTAINS RÊVES.
A CE MOMENT-LÀ, JE NE SAVAIS PAS ENCORE QUI ÉTAIT RÉELLEMENT CHAGAN ...

HÉ,
SU-SU ...
...
PFF
TU ES
FÂCHÉE
OU QUOI
... ?

QU'EST-CE QUE TU CROIS, ÉVIDEMMENT !
JE LE SAVAIS ...
ET NE ME RACONTE PAS DE BOBARDS, CHAGAN !!
POURQUOI LE GARÇON EST-IL ENCORE VIVANT ?!
J'AI SIMPLEMENT BESOIN D'UN PEU PLUS DE TEMPS ...
ET JE DOIS CROIRE ÇA ?
J'AI VU CE QUE TU AS FAIT !

TU M'AS ESPIONNÉ ?
TU L'AS SAUVÉ ...
ET TU T'ES MONTRÉ À LUI !
AVAIS-JE LE CHOIX ?
DEPUIS QUE TU AS VU CET HUMAIN, TU TE COMPORTES BIZARREMENT ...
DIS-LE SIMPLEMENT, TU ES TOMBÉ AMOUREUX DE LUI ?!
JE L'ESPÈRE BIEN ...
N'IMPORTE QUOI !
COMMENT SAIT-ELLE ÇA ?
N'OUBLIE PAS QUI TU ES, CHAGAN ...

NOUS AUTRES, ANGES DE LA MORT, NOUS N'AVONS PAS LE DROIT D'ÉPROUVER LE MOINDRE SENTIMENT POUR LES ÊTRES HUMAINS ...
... ET ENCORE MOINS POUR CEUX QUE L'ON DOIT EMPORTER.
SI CETTE RÈGLE EXISTE, C'EST POUR UNE BONNE RAISON, ALORS NE LA VIOLE PAS ...
TU CONNAIS LA PUNITION !
TU N'AS PAS BESOIN DE ME LA DIRE, SU-SU ...
JE VAIS REMPLIR MA TÂCHE, MAIS J'AI BESOIN DE PLUS DE TEMPS ...
... ET JE VAIS LE FAIRE À MA MANIÈRE.
N'ATTENDS PAS TROP LONGTEMPS ...

CHAQUE SECONDE OÙ IL EST ENCORE EN VIE ...
... TE MET UN PEU PLUS EN DANGER !
JE T'AIME BIEN, MAIS JE NE POURRAI PAS TE COUVRIR BIEN LONGTEMPS ...

CLAC
SCHLAAAFFF
SON HEURE A SONNÉ, RIEN NE POURRA CHANGER ÇA ...
NI TOI, NI PERSONNE ...

NE L'OUBLIE PAS ...
N'OUBLIE PAS ... ?
SHHUUU
PFF
COMME SI JE POUVAIS L'OUBLIER !!

DEPUIS QUE
JE L'AI VU,
JE NE PENSE
QU'À LUI.

QUE DOIS-JE FAIRE ?
ÇA DEVAIT ÊTRE UNE MISSION COMME UNE AUTRE ...
EN TANT QU'ANGE DE LA MORT, JE NE DEVAIS RIEN RESSENTIR ...
ÇA DEVAIT SE PASSER COMME ÇA, MAIS JE NE SAIS POURQUOI ...

DEPUIS QUE JE L'AI VU POUR LA PREMIÈRE FOIS ...
... ON DIRAIT QU'UN SENTIMENT S'EST ÉVEILLÉ EN MOI ...
... UN SENTIMENT QUE JE PENSAIS AVOIR PERDU.
UN SENTIMENT QUE JE N'AI AUCUNEMENT LE DROIT D'ÉPROUVER.

ET POURTANT, IL EST LÀ ...
CE SENTIMENT QUI S'APPELLE L'AMOUR ...

MAIS CE QUI, POUR LES HOMMES, SERAIT UNE RAISON D'ÊTRE HEUREUX ...
... EST DANS MON CAS UN PROBLÈME !

JE N'AI PAS LE DROIT D'ÉPROUVER DE TELS SENTIMENTS.
... CAR MA SEULE TÂCHE EST ...
... DE LUI PRENDRE LA VIE.

ET POURTANT ...
... CE SENTIMENT M'EMPÊCHE ...
... DE LUI FAIRE QUOI QUE CE SOIT.

JE SUIS DÉSOLÉ, SU-SU ...
JE NE PEUX VRAIMENT PAS LE FAIRE ...

Confiance déçue

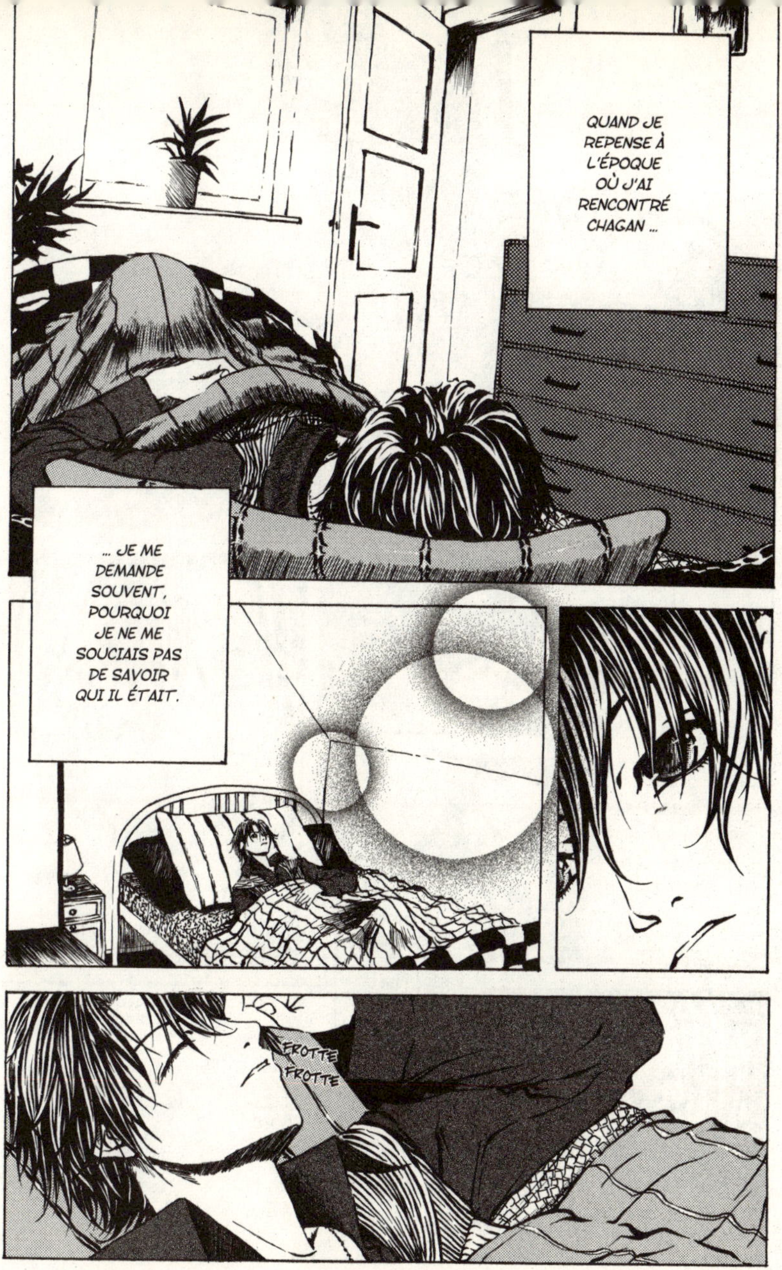
QUAND JE REPENSE À L'ÉPOQUE OÙ J'AI RENCONTRÉ CHAGAN ...
... JE ME DEMANDE SOUVENT, POURQUOI JE NE ME SOUCIAIS PAS DE SAVOIR QUI IL ÉTAIT.
FROTTE
FROTTE

JE NE ME DEMANDAIS NI D'OÙ IL VENAIT, NI OÙ IL ALLAIT ...
HEIN ?
AAAHH
POURQUOI SUIS-JE HABILLÉ ?
... OU BIEN SI CHAGAN ÉTAIT SON VÉRITABLE NOM.
AH !
CHAGAN DOIT M'AVOIR PORTÉ JUSQU'AU LIT !

MES JOUES SONT BRÛLANTES !!
PAFF
EN FAIT, TOUT CELA NE M'INTÉRESSAIT PAS À L'ÉPOQUE.
QUE CE SOIT DE LA NAÏVETÉ OU AUTRE CHOSE QUI M'ANIMAIT ...
... DANS TOUS LES CAS, J'AVAIS SIMPLEMENT BESOIN DE QUELQU'UN COMME LUI.

CELA NE DURA TOUTEFOIS PAS LONGTEMPS, ET IL DEVINT POUR MOI ...
... BIEN PLUS ENCORE ...
CHAGAN ... ?!
POURQUOI ES-TU ASSIS LÀ DANS LE FROID ?
J'ÉTAIS DANS LE QUARTIER ... HUM ... JE VEUX DIRE ...
JE DÉPOSE JUSTE RAPIDEMENT CETTE ...EUH... POUBELLE DEHORS!
EXCUSE BIDON !
TU NE VEUX PAS RENTRER ?
VIENS DONC À L'INTÉRIEUR !
HM ...

TAP
TAP
MAIS QUE ... ?!

MAIS QUE S'EST-IL PASSÉ ICI ?
POURQUOI TU N'AVANCES PAS ?
TANT QUE ÇA ?
MOUAI ... IL VOULAIT TOUJOURS LAISSER DES TRACES PARTOUT ...
EUH...
NE FAIS PAS ATTENTION AU DÉSORDRE ...
JE SUIS EN TRAIN DE JETER LES AFFAIRES QUE MON EX A LAISSÉES ...

SURTOUT PENDANT NOS ÉBATS !
LES SUÇONS ET LES MARQUES DE DENTS ONT TRANSFORMÉ LES COURS DE SPORT EN VÉRITABLE ENFER.
QUOI ... ?
OUPS ! JE L'AI DIT TOUT HAUT ?
EUH... RIEN !
ON PEUT CHANGER DE SUJET ? C'EST UN PEU GÊNANT ...
UN LIVRE ?

ET C'EST QUOI, ÇA ?
!!
L'ALBUM PHOTO ?
HUM... A VRAI DIRE, ÇA JE N'AVAIS PAS L'INTENTION DE LE JETER ...
OUPS !!
DÉSOLÉ ...
CE N'EST PAS DE TA FAUTE ! LA PLUPART NE SONT PAS COLLÉES.
CETTE PHOTO ...

LAQUELLE ?
CELLE-CI ...
PASSE-LA MOI ...
AH, C'EST VIEUX ... J'AVAIS ENCORE LES CHEVEUX LONGS ...
QU'EST QUI S'ÉTAIT PASSÉ ?
BEN ...
JE M'ÉTAIS DISPUTÉ AVEC MON EX ...

IL T'A FRAPPÉ ?
C'ÉTAIT UN ACCIDENT ...
... C'EST CE QU'IL DISAIT, TOUT DU MOINS.
ET TU ES RESTÉ AVEC LUI, MALGRÉ ÇA ?
UN BEL ABRUTI, N'EST-CE PAS ?
QUAND JE PENSE À TOUT CE QUI S'EST PASSÉ ENTRE NOUS, J'AURAIS DÛ ROMPRE TOUT DE SUITE ...

MAIS PENDANT LONGTEMPS, IL A ÉTÉ LE SEUL ÊTRE QUI M'A DONNÉ L'IMPRESSION QU'ON AVAIT BESOIN DE MOI.
MA MÈRE EST MORTE QUAND J'AVAIS QUINZE ANS ...
JE LUI RESSEMBLAIS BEAUCOUP, ÇA EXPLIQUE POURQUOI MON PÈRE ME DÉTESTAIT.
IL VOULAIT ME JETER DANS UN FOYER, MAIS MON GRAND-PÈRE M'A RECUEILLI CHEZ LUI ...
C'EST SA MAISON, ICI ...
... OU PLUTÔT, C'ÉTAIT LA SIENNE JUSQU'AU PRINTEMPS DERNIER.
IL ÉTAIT DÉJÀ TRÈS VIEUX, TU COMPRENDS ...
DANS SES DERNIÈRES SEMAINES, IL ME PRENAIT TOUT LE TEMPS POUR MA MÈRE.

IL ME DEMANDAIT SANS CESSE POURQUOI JE M'HABILLAIS COMME UN GARÇON ...
AVEC LE TEMPS, JE SERAIS PRESQUE DEVENU FOU.
SI SÛR DE LUI, SI DIRECT ...
C'EST PEUT-ÊTRE ÇA QUI M'A ATTIRÉ CHEZ LUI ...
TOUT LE TEMPS QUE J'AI PASSÉ DANS CETTE PROVINCE, J'ÉTAIS AVEC LUI.
IL ÉTAIT DIFFÉRENT DE TOUS LES GENS QUE J'AVAIS RENCONTRÉS JUSQUE LÀ.
SANS JULIAN, JE LE SERAIS TRÈS CERTAI-NEMENT DEVENU ...
MAIS CES DERNIERS MOIS, IL A BEAUCOUP CHANGÉ.
CERTES, C'ÉTAIT DÉJÀ PAS UN CADEAU AVANT, MAIS LÀ, IL SEMBLAIT DE PLUS EN PLUS SOUVENT ÉNERVÉ ...
JE CROIS TOUT SIMPLEMENT QU'AVEC LE TEMPS, JE L'ENNUYAIS ...

PEUT-ÊTRE DEVENAIS-JE TROP DÉPENDANT DE LUI ...
MAIS J'ESPÉRAIS QU'IL M'AIMAIT ENCORE ...
AVEC LE RECUL, JE ME DEMANDE MÊME S'IL M'A AIMÉ UN JOUR.
J'EN VIENS PRESQUE À PENSER QU'IL ÉTAIT SEUL, TOUT SIMPLEMENT.
PUIS IL A RENCONTRÉ QUELQU'UN QUI LUI CORRESPONDAIT MIEUX ...
... ET J'AI COMMENCÉ À DEVENIR GÊNANT.
AH, SI SEULEMENT J'AVAIS MIS FIN À CETTE RELATION PLUS TÔT ...
CE NE SONT PAS LES RAISONS QUI MANQUAIENT.
MAIS JE ME VOILAIS LA FACE, MÊME SI JE ...
ME DOUTAIS DU DENOUE-MENT.

JE PENSAIS QUE JE SERAIS PARÉ, LE JOUR OÙ IL ME LAISSERAIT TOMBER.
JE LE CROYAIS VRAIMENT ...
... ET POURTANT ÇA A ÉTÉ UN CHOC !
C'ÉTAIT COMME SI LE SOL S'EFFONDRAIT SOUS MES PIEDS...
SI TU N'ÉTAIS PAS ARRIVÉ, JE NE SAIS PAS CE QUE JE SERAIS DEVENU ...
JE TE REMERCIE, CHAGAN ...
... JE TE DOIS LA VIE !

TAP
TAP

VRAIMENT ...
... TU NE DEVRAIS PAS TE LIER AUSSI FACILEMENT.
PFF ...
... COMME SI C'ÉTAIT LE CAS.

SI C'EST LE CAS ...
TU FAIS TROP RAPIDEMENT CONFIANCE AUX GENS.
MAINTENANT, IL FAUT QUE JE T'AVOUE QUELQUE CHOSE ...
QUAND NOUS NOUS SOMMES RENCONTRÉS, JE N'ÉTAIS PAS LÀ POUR TE SAUVER.

... MAIS ...
... POUR TE TUER !

DES AILES NOIRES !!
IL DIT LA VÉRITÉ !
ÇA VEUT DIRE QUE JE DOIS MOURIR ?
JE NE VEUX PAS MOURIR !

GNN
JE SUIS TROP STUPIDE !
IL S'EST FOUTU DE MA GUEULE DEPUIS LE DÉBUT !

QUAND JE ME SUIS SAUVÉ DE LA MAISON, COMPLÈTEMENT PANIQUÉ ...
JE NE SAIS PAS CE QUI M'EFFRAYAI LE PLUS ...

QU'UN ANGE DE LA MORT EN VEUILLE À MA VIE ...
OU QUE JE SOIS TOMBÉ AMOUREUX DE LUI SI RAPIDEMENT.

LORSQUE JE M'ENFUIS, JE NE PRIS NI MON MANTEAU, NI LES CLÉS DE LA MAISON.
HAH
HAH
HAH
JE COURUS SIMPLEMENT, SANS SAVOIR OÙ J'ALLAIS.

ET ALORS QUE JE COMMENÇAI À REPRENDRE MES ESPRITS …
… JE RÉALISAI QUE JE ME TROUVAIS DANS LE BOIS OÙ J'AVAIS RENCONTRÉ CHAGAN.

À CE
MOMENT
LÀ, JE NE
SAVAIS PAS
ENCORE ...
... QUE CHAGAN
N'ÉTAIT PAS
CELUI QUE
JE DEVAIS
CRAINDRE
LE PLUS.

Espoir désespéré

AUTREFOIS JE NE CROYAIS PAS AUX FORCES CÉLESTES
HAH
HAH
POURTANT, APRÈS QUE LE SURNATUREL SOIT ENTRÉ DANS MA VIE ...
... JE N'AVAIS D'AUTRE CHOIX QUE D'ACCEPTER L'EXISTENCE DES ANGES DE LA MORT.
A L'ÉPOQUE, SI JE N'AVAIS PAS ÉTÉ AUTANT DÉPASSÉ PAR LA SITUATION, J'AURAIS DÛ REMARQUER ...
... À QUEL POINT LE VISAGE DE L'ANGE SE CRISPA QUAND ELLE M'APERÇUT.

CHAGAN, IMBÉCILE ...
A CE MOMENT LÀ, JE FUS TELLEMENT PRIS AU DÉPOURVU, QUE JE RECULAI, ...
PERDIS L'ÉQUILIBRE ET TOMBAI À TERRE.
ELLE ME REGARDA DE HAUT AVEC UNE EXPRESSION QUE J'ESTIMAI ÊTRE DU MÉPRIS.

NICOLAS WAGNER ...
... TE VOIR ICI VIVANT VEUT BIEN DIRE QUE J'AVAIS RAISON.
NGH
JE NE COMPRENDS VRAIMENT PAS ...

HAH
HAH
EXPLIQUE-MOI, CHAGAN ...
POURQUOI RISQUES-TU TA VIE POUR CE GARÇON ?
HAA
HAA
HAA
HAA

JE TE PRÉVIENS, SU-SU !
NE SONGE MÊME PAS À LUI FAIRE QUOI QUE CE SOIT !!
C'EST UNE MENACE ?
UNE MISE EN GARDE.
QU'EST CE QUI T'ARRIVE ... ?
JE TE RECONNAIS À PEINE ...

!!
JE ME SENS SI TROUBLÉ ...
CE GARÇON EST-IL VRAIMENT SI IMPORTANT POUR TOI, AU POINT DE COMPROMETTRE TON EXISTENCE POUR LE PROTÉGER ?

TU NE COMPRENDS DONC PAS CE QUI T'ATTEND ?
NICO ...
... JE N'AI PAS ENVIE QUE TU AIES ENCORE L'IMPRES-SION ...
... D'AVOIR ÉTÉ TRAHI.
CHAGAN, TU ATTIRES SUR TOI LA COLÈRE DU TOUT-PUISSANT !!
MAIS AVANT MÊME QUE ÇA N'AILLE TROP LOIN, TOUS LES AUTRES SE SERONT DÉJÀ RETOURNÉS CONTRE TOI.
JE M'EN FICHE DE CE QUI ARRIVE, JE NE TE LAISSERAI PAS TOMBER.

JE NE PEUX PAS ADMETTRE ET JE N'ACCEPTERAI PAS ...
... QUE TU COMMETTES UNE TELLE BÊTISE
CLAP

ET SI TU NE PEUX PAS AGIR, MOI JE LE FERAI !!

SI TU L'ATTAQUES, TU NE ME LAISSES PAS D'AUTRES CHOIX.
TU POINTES TON ARME SUR MOI ?!
TU TE REBELLES ?!
PFFF
ZUT !!
COMME TU VEUX, JE NE ME MÊLERAI PAS DE ÇA ...

FAIS CE QUE BON TE SEMBLE, MAIS JE TE PRÉVIENS...
ÇA NE RESTERA PAS BIEN LONGTEMPS IGNORÉ ...
JE PEUX CACHER ÇA ENCORE TROIS, QUATRE JOURS, UNE SEMAINE MAXIMUM ...
... MAIS PAS BEAUCOUP PLUS.
JE TE CONSEILLE, D'ICI LÀ, DE T'OCCUPER DE TES PROPRES AFFAIRES.
TAP
TAP
PFF

MERCI, SU-SU ...
CHAGAN ... ES-TU HEUREUX ...
DE COMMETTRE UNE TELLE ERREUR ...
... MÊME SI CELA SIGNIFIE TA PERTE ?

S'IL TE PLAÎT, ÉCOUTE-MOI ...
JE SUIS DÉSOLÉ ...

LÂCHE-MOI, SALE MENTEUR !!
PARDONNE-MOI, JE T'AI FAIT PEUR ... MAIS ÇA M'A RENDU FOU DE NE PAS POUVOIR TE DIRE LA VÉRITÉ.
ET QUAND TU M'AS MONTRÉ TOUTES CES CHOSES, JE ME SUIS SENTI OBLIGÉ DE T'AVOUER MA MISSION ...
ET TOUT CE QU'ELLE A DIT ...
... QU'EST CE QUE ÇA SIGNIFIE ?

CE N'EST PAS LE BON ENDROIT POUR EN PARLER ...
RENTRONS D'ABORD POUR TE RÉCHAUFFER.
TES LÈVRES SONT TOUTES BLEUES ...

MAIS ... QU'EST-CE QU'ELLE VOULAIT DIRE ?
QUE TU TE METS EN DANGER À CAUSE DE MOI ?!
CE N'EST PAS IMPORTANT ...
ATTENDS, CHAGAN ! C'EST SÉRIEUX ?!
PFF
JE VEUX SAVOIR !

JE SUIS UN ANGE DE LA MORT ...
SI JE N'EXÉCUTE PAS CE QU'ON M'ORDONNE ...
... ET MAINTENANT TU SAIS DE QUOI IL S'AGIT ...
... ALORS JE SERAI PUNI.
ET POURQUOI NE LE FAIS-TU PAS, TOUT SIMPLEMENT ?!

TU ME DEMANDES ÇA ... ?
SAIS-TU CE QUE ÇA SIGNIFIE POUR TOI ?
MAIS POURQUOI T'INQUIÈTE-TU AUTANT POUR MOI ?

HM...
HAA
HAA
QUOI ?!
TU NE T'ARRÊTES JAMAIS DE POSER DES QUESTIONS ?
JE VEUX SAVOIR !

PARCE QUE JE N'AI PAS D'AUTRE CHOIX ...
MAIS POURQUOI ... ?
N'EST-CE PAS ÉVIDENT ?

PARCE
QUE JE ...

... T'AIME.

Envie brûlante

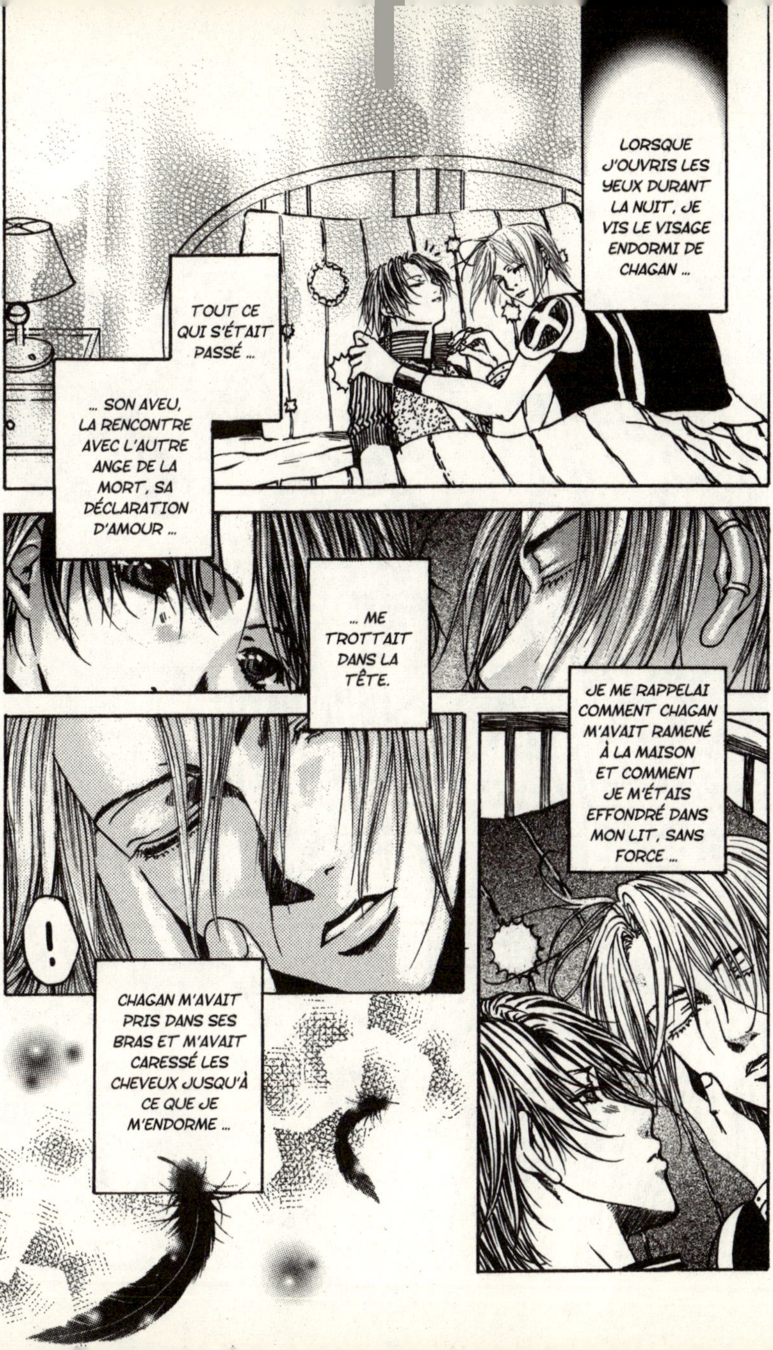
LORSQUE J'OUVRIS LES YEUX DURANT LA NUIT, JE VIS LE VISAGE ENDORMI DE CHAGAN ...
TOUT CE QUI S'ÉTAIT PASSÉ ...
... SON AVEU, LA RENCONTRE AVEC L'AUTRE ANGE DE LA MORT, SA DÉCLARATION D'AMOUR ...
... ME TROTTAIT DANS LA TÊTE.
JE ME RAPPELAI COMMENT CHAGAN M'AVAIT RAMENÉ À LA MAISON ET COMMENT JE M'ÉTAIS EFFONDRÉ DANS MON LIT, SANS FORCE ...
!
CHAGAN M'AVAIT PRIS DANS SES BRAS ET M'AVAIT CARESSÉ LES CHEVEUX JUSQU'À CE QUE JE M'ENDORME ...

POURQUOI FAIS-TU TOUJOURS CE GENRE DE CHOSES ?

QUELLES CHOSES ?
DES CHOSES QUI ME FONT CRAQUER ...
TU ME PARDONNES DE NE PAS T'AVOIR DIT TOUT DE SUITE LA VÉRITÉ ?

J'ÉTAIS EN COLÈRE ... AU DÉBUT ...
MAIS MAINTENANT QUE JE SAIS TOUT CE QUE TU RISQUES POUR MOI ...
JE NE PEUX PLUS ÊTRE FÂCHÉ CONTRE TOI.
ENCORE UNE QUESTION ... QU'EST CE QUI ARRIVERAIT SI JAMAIS TU REMPLISSAIS TA MISSION ?

TU MOURRAIS.
ET ENSUITE ?
TU VEUX VRAIMENT LE SAVOIR ?
TU NE PENSES PAS QUE CETTE QUESTION EST UN PEU SUPERFLUE ?
TU VEUX DIRE, AU CAS OÙ ÇA ARRIVERAIT ?
MAIS CETTE FILLE NE DISAIT-ELLE PAS QU'IL N'Y AVAIT PAS D'AUTRE ALTERNATIVE ?
!!
JE NE LE PERMETTRAI PAS.

DIS-MOI, JE VEUX SAVOIR ...
PARCE QUE TU M'AIMES, TU TE RETOURNES CONTRE TES SEMBLABLES ?
PPF
TU PASSERAS DANS UN AUTRE MONDE ... MAIS TU NE SERAS PLUS TOI.
JE COMPRENDS ...
SOIS HONNÊTE, CHAGAN ... POURQUOI REFUSES-TU D'ACCOMPLIR TA MISSION ?
OK, COMME TU LE DIS, JE CONTINUERAI À VIVRE, MAIS TOI TU MOURRAS SI TU NE LE FAIS PAS.

MAIS CE NE SERA PLUS TOI.
TOUT CE QUI TE COMPOSE, TES SOUVENIRS, TES SENTIMENTS, TOUT DISPARAÎTRA.
ET IL FAUDRAIT QUE JE CONTINUE D'EXISTER ...
... SANS JAMAIS PLUS TE REVOIR.
C'EST POUR ÇA QUE TU T'OPPOSES ?
CHAGAN, REGARDE-MOI ...

PERSONNE JUSQUE LÀ N'A PRIS TANT DE RISQUES POUR MOI ...
HM ...
... ET NE M'A AUTANT AIMÉ ...
... MÊME S'IL N'EST PAS UN ÊTRE HUMAIN.
NICO, JE ...

EST-CE UN MIRACLE D'ÊTRE TOMBÉ AMOUREUX DE LUI ?
TU ES SÛR D'EN AVOIR ENVIE ?
NE M'OBLIGE PAS À DEVOIR TE SÉDUIRE ...
CETTE RÉPONSE ME SUFFIT.

ÉTAIT-CE LE DESTIN ?
HAH
HAH
CHAGAN ...

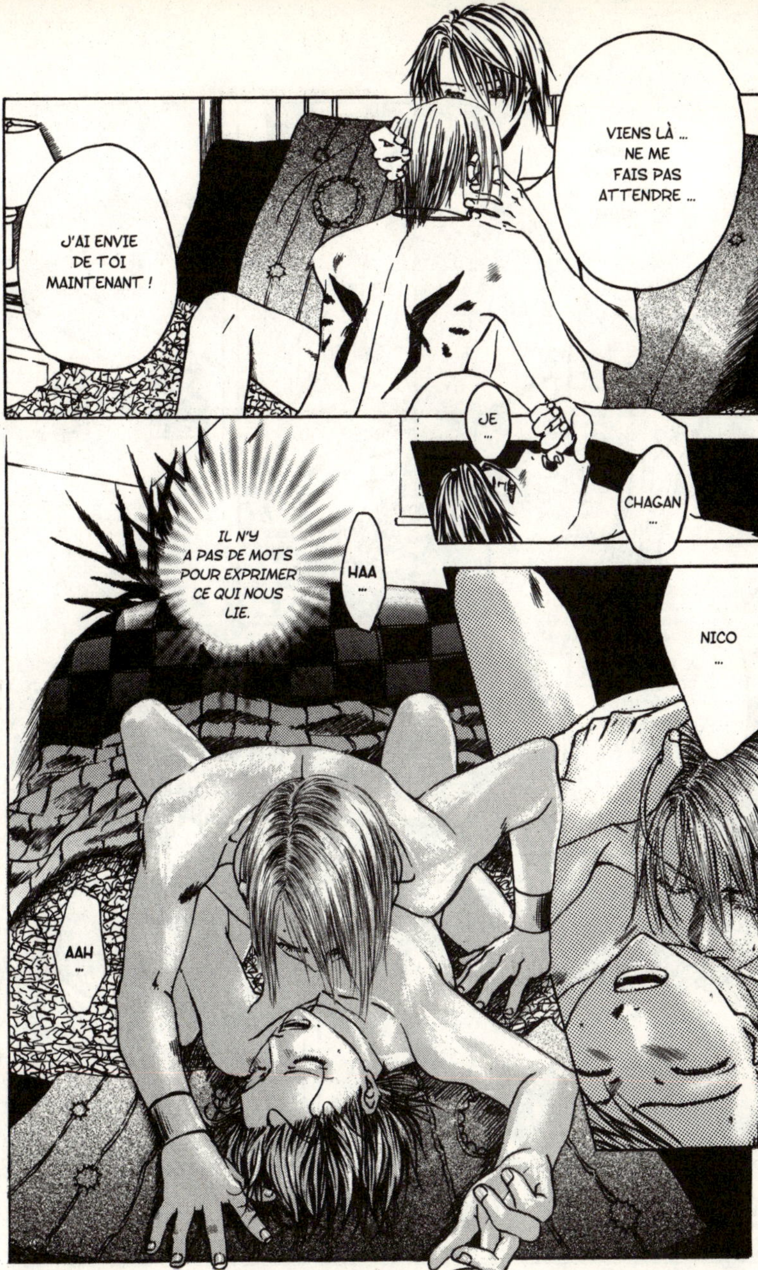
VIENS LÀ ... NE ME FAIS PAS ATTENDRE ...
J'AI ENVIE DE TOI MAINTENANT !
JE ...
CHAGAN ...
NICO ...
HAA ...
IL N'Y A PAS DE MOTS POUR EXPRIMER CE QUI NOUS LIE.
AAH ...

HM ...
JAMAIS PERSONNE NE M'A TOUCHÉ AINSI ...
NICO ...
MH ...
JE TE VEUX DEPUIS LE PREMIER JOUR OÙ JE T'AI VU.
NICO ...

TU ES PUISSANT ...
CHAGAN !!
... PHYSIQUEMENT COMME PSYCHIQUEMENT.
PAS COMME ÇA ...
TOURNE TOI ...
AH ...
AH ...

JAMAIS JE N'AI
AUTANT AIMÉ
QUELQU'UN ...
HAA HAA

... ET N'AI AUTANT ÉTÉ AIMÉ.
CHAGAN ...
JE NE TIENDRAI PLUS TRÈS LONGTEMPS ...

CHAGAN !!
CETTE IMPRESSION DE PERDRE LA RAISON ...

TOUT VA BIEN ?
OUI ÇA VA ...
NICO ... ?
ÇA ME FAIT PEUR ...
TU PLEURES ... JE T'AI FAIT MAL ?
JE N'AI PAS VRAIMENT D'EXPÉRIENCE POUR CE GENRE DE CHOSES ...

NON, CE N'EST RIEN ...
MOI-MÊME, JE NE SAIS PAS VRAIMENT POURQUOI, MAIS JE NE PEUX PAS M'ARRÊTER DE PLEURER...
EXCUSE-MOI ...
!?
TROP DE BONHEUR PEUT-IL FAIRE MAL ?
SPLASH
JE SAIS QUE ÇA A DU CHOQUER CHAGAN, MAIS SI J'ÉTAIS RESTÉ DANS LA CHAMBRE, JE ME SERAIS EFFONDRÉ EN LARMES.

NICO ...
PLUS JE ME RAPPROCHE DE LUI, PLUS J'AI PEUR DE LE PERDRE ...
AI-JE FAIT OU DIT QUELQUE CHOSE DE MAL ?
NON C'EST JUSTE QUE ...
JE L'AIME TELLEMENT ...
... C'EST DOULOUREUX.

SON CONTACT ME FAIT PERDRE LA RAISON ...
ENCORE UNE FOIS ?
TU M'AS FAIT PEUR, TOUT À L'HEURE.

AH ...
A CET INSTANT ME VINT UNE PENSÉE ÉTRANGE, ÉGOÏSTE ...
ATTENDS ...
TES AILES ... JE VEUX LES VOIR ...
IL FALLAIT QUE JE LUI DEMANDE ...
MONTRE-LES MOI !

LA PREMIÈRE FOIS QUE JE LES VIS, J'ÉTAIS BIEN TROP EFFRAYÉ POUR LES CONTEMPLER VRAIMENT ...
... OU MÊME POUR LES TOUCHER. ELLES SONT COMME DE LA SOIE NOIRE ...
MH
MAGNI-FIQUE ...

AVANT QUE CHAGAN NE M'ENLACE À NOUVEAU ...
... IL ME CHUCHOTA QUELQUE CHOSE À L'OREILLE. QUELQUE CHOSE DE TRÈS SOLENNEL, COMME UN SERMENT OU UNE PRIÈRE.

CHAGAN ...
JE TE PROTÈGERAI, MÊME SI CELA DOIT ME COÛTER LA VIE ...
... JE TE LE PROMETS.
QUOI QU'IL ARRIVE, NOUS SOMMES LIÉS L'UN À L'AUTRE !

NICO ...

CE SERMENT RESTERA EN MOI POUR L'ÉTERNITÉ.

Repos éternel

QUE FAIRE QUAND ON SAIT QU'ON N'A PLUS BEAUCOUP DE TEMPS À VIVRE ?
QUAND ON SAIT PRÉCISÉMENT COMBIEN DE TEMPS IL RESTE À QUELQU'UN ?
HM ...
FUUAAWW
A QUOI PASSE-T-ON SES DERNIÈRES HEURES ?
QUE FAIT-ON ?
NICO ...

J'Y AI BEAUCOUP REPENSÉ ...
DEVAIS-JE DIRE ADIEU À MA FAMILLE ?
MAIS JE RÉALISAIS ...
QUE DANS CE VASTE MONDE, IL N'Y AVAIT QU'UNE PERSONNE QUI COMPTAIS POUR MOI ...
PFF
CHAGAN ...
NOUS AVIONS EU SI PEU DE TEMPS ...

QU'ADVIENDRAIT-IL DE NOUS ?
NOUS AVIONS PASSÉ CES DERNIERS JOURS ENSEMBLE ...
LA PLUPART DU TEMPS, NOUS AVIONS DISCUTÉ ...
POUR LE RESTE ... JE NE REGRETTAIS RIEN ...
JE N'AVAIS JAMAIS ÉTÉ AUSSI HEUREUX DE TOUTE MA VIE.

MAIS À PRÉSENT, C'ÉTAIT L'HEURE DE PRENDRE UNE DÉCISION ...
MÊME SI CELA N'ÉTAIT PAS VRAIMENT LA FIN ...
QUAND ON OUBLIE TOUT, QU'EST-CE QUE ÇA CHANGE ?
JE NE POUVAIS PAS AFFIRMER QUE JE ME RÉSIGNAIS À L'IDÉE DE MOURIR ...
JE NE SAURAI PLUS QUI JE SUIS, CE QUE J'AI VÉCU, QUI J'AI RENCONTRÉ, CE QUE J'AI RESSENTI ...
SELON CHAGAN, ON NE SE RENCONTRERAIT PLUS JAMAIS ...
...ET QUAND BIEN MÊME, JE NE LE RECONNAÎTRAIS PAS.
J'ÉTAIS UN PEU PERDU.

MAIS QUAND JE SONGEAIS À L'AUTRE SOLUTION...
JE NE POUVAIS ADMETTRE QU'IL SE SACRIFIE POUR MOI ...
QUELQUE SOIT LA MANIÈRE DONT ON PRENAIT LES CHOSES ...
... NOUS ALLIONS TOUS DEUX SORTIR PERDANTS DE CE JEU.
PFF
CE N'EST PAS JUSTE ...
ÇA NE POUVAIT PAS SE FINIR AINSI ...
POUVAIS-JE ESPÉRER QUE QUELQU'UN CHANGE LES RÈGLES ?
PAS VRAIMENT ...

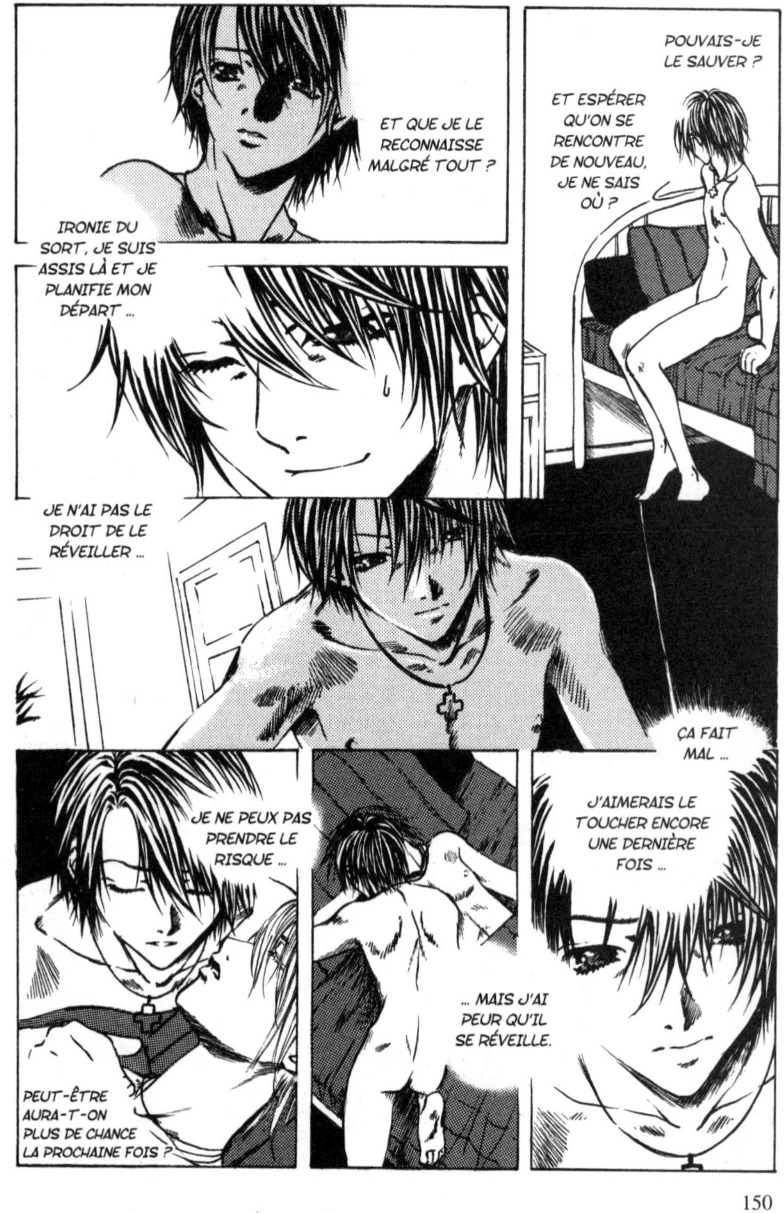
POUVAIS-JE LE SAUVER ?
ET ESPÉRER QU'ON SE RENCONTRE DE NOUVEAU, JE NE SAIS OÙ ?
ET QUE JE LE RECONNAISSE MALGRÉ TOUT ?
IRONIE DU SORT, JE SUIS ASSIS LÀ ET JE PLANIFIE MON DÉPART ...
JE N'AI PAS LE DROIT DE LE RÉVEILLER ...
ÇA FAIT MAL ...
J'AIMERAIS LE TOUCHER ENCORE UNE DERNIÈRE FOIS ...
... MAIS J'AI PEUR QU'IL SE RÉVEILLE.
JE NE PEUX PAS PRENDRE LE RISQUE ...
PEUT-ÊTRE AURA-T-ON PLUS DE CHANCE LA PROCHAINE FOIS ?

TOUT ALLAIT SE RÉSOUDRE PROCHAINEMENT ...
J'AVAIS SOUHAITÉ MOURIR ...
... ET ON M'ENVOYAIT UN ANGE DE LA MORT ...
... MON TENDRE ANGE GARDIEN.
JE NE PENSAIS PAS QUE TU VIENDRAIS ...
PIRE ENCORE ...
QUE TU M'ATTENDES DE MANIÈRE OSTENSIBLE.

JE VEUX QUE TU LE FASSES.
COMMENT ? TU VEUX QUE JE ...
POURQUOI ?
JE LE VEUX ...
TU N'AS PAS PEUR ?
POURQUOI FAIT-IL ÇA ?
ET POUR QUI ?
MA VIE EST UN TAS DE DÉBRIS, JE NE SUIS PAS À ENVIER ...
AVANT QUE JE NE RENCONTRE CHAGAN, JE ME FICHAIS DE VIVRE OU DE MOURIR.

MAIS MAINTENANT, J'AI PEUR ...
PEUR DE PERDRE CE QUE J'AI ... J'AI PEUR POUR LUI ...
TU DOIS ME PROMET-TRE ...
... QU'IL NE LUI ARRIVERA RIEN.
POURQUOI ÊTES-VOUS TOUS LES DEUX PRÊTS À DONNER VOTRE VIE L'UN POUR L'AUTRE.
JE L'AIME ...
ET JE NE SUIS PAS PRÊT À LE LAISSER MOURIR ...
... POUR ME PERMETTRE DE VIVRE.

NICO !!
HAA
HAA
NICO-
LAS !

DÉSOLÉ ...

MÊME SI AU DÉBUT JE NE VOULAIS PAS CROIRE CE QUI ÉTAIT ARRIVÉ ...
... UNE VOIX DOUCE ME CHUCHOTAIT DANS L'OREILLE QUE QUELQUE CHOSE D'HORRIBLE M'ATTENDAIT.
JE N'AURAIS PAS DÛ M'ENDORMIR ...
MON CŒUR SE SERRAIT DE PLUS EN PLUS ...

JE NE POUVAIS PLUS RESPIRER ...
J'AURAIS DÛ PRÉVOIR ...

... QUE JE LE PERDRAIS.
!

PLIC
BRRR
BRRR
JE DEVRAIS ÊTRE SOULAGÉE ...
... MAIS JE NE LE SUIS PAS.
AU LIEU DE ÇA, J'AI L'ÂME EN PEINE.
MAIS POURQUOI AS-TU FAIT ÇA ?

MÊME SI TU ME HAIS POUR ÇA, JE L'AI FAIT POUR TON BIEN ...
TOUT COMME LUI ...

IL M'A DEMANDÉ DE TE DIRE QUELQUE CHOSE ...
!
« MÊME SI JE NE ME SOUVIENS PLUS DE RIEN, S'IL TE PLAÎT, CHERCHE MOI ... »
« ... CAR TU ES TOUT CE QUI ME RESTE. »

« SI TU ME RETROUVES, JE SAURAI QUI TU ES ... »
« ... JE TE LE PROMETS. »
« JE TE REMERCIE DE CE COURT BONHEUR ... »
« VIS HEUREUX. ADIEU. »
CE FURENT SES DERNIÈRES PAROLES ...

NICO ...
BRRRR

A CET INSTANT, JE MAUDIS L'IRRÉVERSIBILITÉ DU MONDE ...
... ET LE JOUR PERDIT SES COULEURS.
SON VISAGE SEMBLAIT POUVOIR SE RÉVEILLER À TOUT MOMENT ...

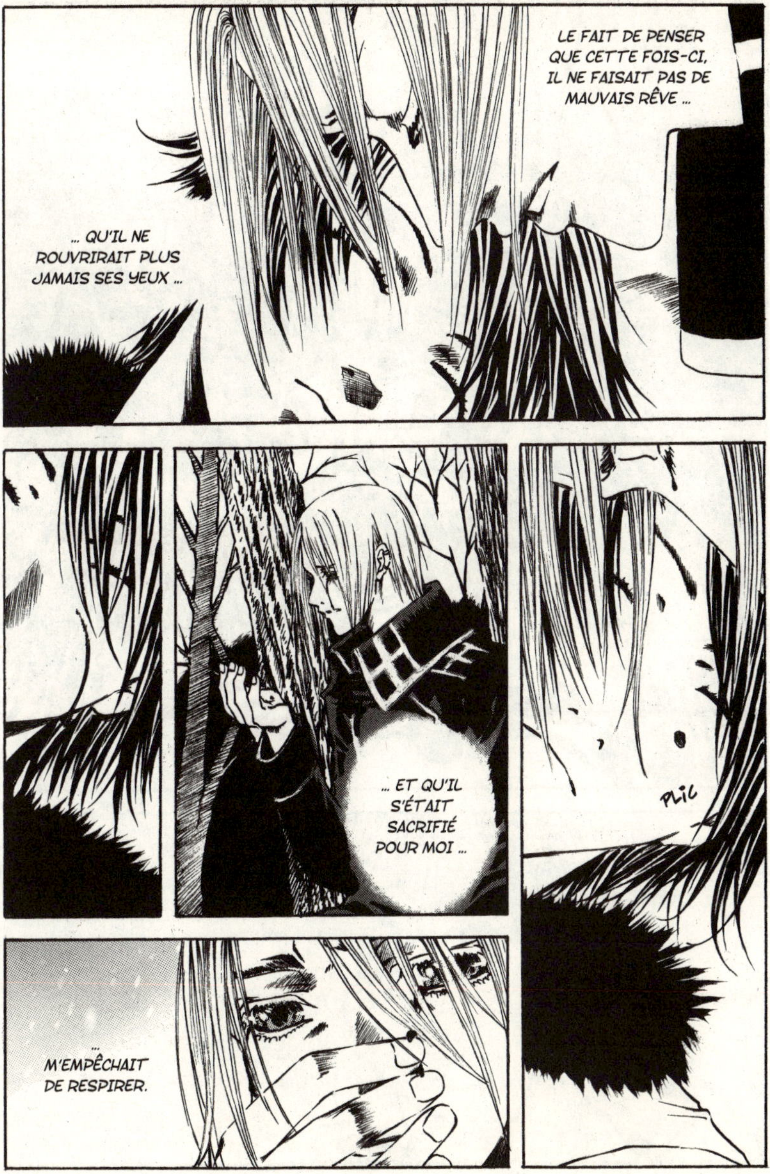
Le fait de penser
que cette fois-ci,
il ne faisait pas de
mauvais rêve ...
... qu'il ne
rouvrirait plus
jamais ses yeux ...
... et qu'il
s'était
sacrifié
pour moi ...
Plic
...
m'empêchait
de respirer.

IL COMMENÇAIT À NEIGER ...
JE REGARDAIS DANS LE VIDE ...

... ET PRIAIS POUR QU'IL AIT RAISON.

LES FLOCONS DE NEIGE TOMBAIENT ...
... ET NOUS RECOUVRAIENT DOUCEMENT.

CE JOUR-LÀ, JE COMPRIS QUE MÊME LES ANGES POUVAIENT PLEURER.

BILLET

OUAW !

C'EST DÉJÀ LE DEUXIÈME LIVRE QUE JE SORS ! ET SI L'ON AJOUTE ÉGALEMENT MES DEUX CONTES, C'EST DÉJÀ MON QUATRIÈME PROJET. C'EST FOU, COMME LE TEMPS PASSE VITE... JE REMERCIE INFINIMENT TOUS LES LECTEURS QUI ONT ACHETÉ MES LIVRES, ONT SUIVI MES HISTOIRES ET ONT VIBRÉ AVEC MES PERSONNAGES. VOUS ÊTES SUPER ! « ^.^ » CERTAINS SERONT SURPRIS PAR CETTE HISTOIRE, CERTAINS PRENDRONT DU PLAISIR À LA LIRE ET CERTAINS ... DÉSOLÉE LES MECS, MAIS SI VOUS N'ÊTES PAS FANS DE BOY'S LOVE, CETTE HISTOIRE N'EST PAS VRAIMENT POUR VOUS ... ^^

ÇA FAIT TRÈS LONGTEMPS QUE JE SOUHAITAIS DESSINER CE GENRE D'HISTOIRE (CERTAINS SE SOUVIENDRONT PEUT-ÊTRE DE MES DOUJINSHI) ET J'AI ÉTÉ TRÈS HEUREUSE DE POUVOIR LE FAIRE. JE ME SUIS BEAUCOUP ATTACHÉE AUX PERSONNAGES ET À CAUSE DE (OU POUR) NICOLAS, J'AI PLEURÉ DE NOMBREUSES FOIS. ON NE SOUHAITERAIT CE GENRE DE DESTINÉE À PERSONNE, MAIS IL Y A MALHEUREUSEMENT DES GENS QUI ONT VÉCU DES CHOSES SIMILAIRES (OU PIRES ENCORE). SOYEZ FORTS ! J'ESPÈRE QUE VOUS (LES LECTEURS) AIMEREZ MES HISTOIRES. VOICI UN CADEAU POUR VOUS (J'AVAIS ENVIE DE DESSINER NICO COMME ÇA) :

ET MAINTENANT, C'EST L'HEURE DES DERNIÈRES QUESTIONS.
ET POUR COMMENCER, C'EST AU TOUR DE NICOLAS DE RÉPONDRE.
HEY NICO ! DIS-MOI, T'AS PIONCÉ PENDANT QUASIMENT TOUTE L'HISTOIRE …
… ET QUAND CHAGAN ÉTAIT LÀ, TU PLEURAIS …
HEIN ?
ET PUIS TU VOULAIS MOURIR APRÈS AVOIR COUCHÉ AVEC LUI …
ETAIT-CE SI MAUVAIS QUE ÇA ?
HEIN ?
AH ! C'EST LUI !
HÉ, CHAGAN ! EST-IL VRAI QUE QUAND TU ES EXCITÉ, TU AS DES YEUX DE CHATS ?
EUH…
AH !
MAIS C'EST SU-SU !!
ET TOI SU-SU ! TU TE BALADES BIEN COURT-VÊTUE EN HIVER …
QU'EST-CE QUE TU PORTES DU COUP EN ÉTÉ ?
GYA

OLGA ROGALSKI

...plus connue par beaucoup d'internautes sous le nom de JD-Ayane, elle est déjà depuis quelques années extrêmement active sur la scène du manga. Cette ancienne étudiante de l'Ecole Supérieure de Graphisme d'Augsbourg est arrivée plusieurs fois première au concours «Talents» du salon du livre de Leipzig.

Après sa contribution très remarquée à Manga Fieber 2, elle réalise ses premiers projets de livre avec Triple Witching Hour (chez Tokyopop) et Strike Back (chez Carlsen Comics). Avec Les Larmes d'Anges, Olga se consacre pour la première fois au genre Shonen Ai, une vieille passion de l'époque des Doujinshi.

Vous trouverez ses vastes galeries de fanarts et de nombreux mangas sur http://jd-ayane.deviantart.com et http://people.freenet.de/angelwing.

ATTENTION !
Cette bande-dessinée est publiée dans son sens de lecture original japonais, les bulles se lisant de droite à gauche.
Vous êtes donc ici à la FIN !

Dépôt légal à parution
ISBN 978-2-35180-302-8

Directeur de collection : Yves Huchez

Traduction : Simon Loréal
Correction et adaptation : Véronique Huchez

Conception graphique : Alexandre Cozette
Adaptation graphique et lettrage : Alexandre Cozette

Retrouvez plus d'informations sur les Éditions TOKYOPOP : www.tokyopop.de

Imprimé en France par Imprimerie Darantiere (Dijon-Quetigny)
N° d'impression : 29-0246